星月夜
哲学する五行歌

岡田 道程

市井社

星月夜

哲学する五行歌

岡田道程

目次

自然

人間

自然

睦月（一月）

植物図鑑

誰ひとり
足を踏み入れない
原始林の中
一滴、一滴の水が
せせらぎの音になる

僅かな光さえ逃すまいと
空間を奪い合う
樹々の若葉
自然林は
残酷な美に満ちている

地の底から
音もなく
垂直に立ち昇る生命《いのち》の水
仰ぎ見る
巨木のてっぺんまで

コナラ　クヌギ　ケヤキ
紅葉を終えた葉が
一枚一枚、舞い降りてくる
雑木林の中で
落葉浴をする至福

落ち葉が朽ちて
腐葉土となり
そこから新芽が吹いて
若木となる
雑木林は輪廻の王国

土壌とは
動植物の死骸が
変化した有機物
そこに可憐な花が咲き
無数の命が誕生する

生まれ変わるなら
欅の樹がいい
春は新緑　夏は木陰
秋は紅葉　冬は裸木
四季折々風景になる

切腹を待つ
四十七士の如く
静かに散る
白無地の
寒椿

春寒《ざむ》の
地表に
朝霧が這う
松林の中は
長谷川等伯の世界

この樹の下には
きっと屍体が埋まっている
幻想するほど
妖しく　美しい
夜桜の満開

紫陽花も
額《がく》紫陽花も
花を装った萼
アントシアニンは
変幻自在な色の魔術師

一粒の種から
幾千株
悠久の眠りから覚めて
咲き揃う
古代蓮の極楽浄土

秋田駒ケ岳は
高山植物の宝庫
チングルマ　ハクサンチドリ
地元の先生について行くと
「さあ、確認です」と言う

スイカズラは　忍冬《にんどう》
ツルドクダミは　何首烏《かしゅう》
ハマスゲは　香附子《こうぶし》
解熱　整腸　鎮痛剤
野草は漢方の生薬《しょうやく》になる

洛北曼殊院を
荘厳《しょうごん》する
晩秋の紅葉《もみじ》
息をのむ
今生の紅《くれない》

皐月《さつき》には
菖蒲湯につかり
師走には
柚子湯にひたる
一日の幸せ　百年の至福

漆黒の闇に
甘い匂いで誘《いざな》う
白い貴婦人は
ひと夜だけの幻影か
月下美人という

血だらけの
人形を抱いて
少女たちが
立ち竦んでいる
里山の曼殊沙華

節くれ立った
媼《おうな》の指に似て
無数の根が大地を掴み
樹齢　幾百年の
古木を守る

榕樹《ガジュマル》には
精霊が棲む
千年経ったら
熱帯のまちは埋没して
密林の底

生垣から
零れんばかりの
ハツユキカズラ
万華鏡から
飛び出して来たような

人が捥《も》ぎ
鳥が啄ばみ
枝に残った柿の実
日溜りに
木《き》守《まも》りのごとく

欅の裸木は
立ったまま樹になった
若武者のようだ
腕と手と指を真っすぐ
天まで伸ばして

The naked zelkova tree
Like a young warrior
Arms, hands, fingers stretched out
Reaching for the heaven
Petrified in time

自然

如月（二月）

動物誌

ホタルは
孵化する前から
光り始めるという
発光を已《や》めるのは
産卵後　死ぬとき

暗闇に
光を描いて
飛び交う源氏蛍
幼虫は十箇月
渓流で身を清めていた

敦盛草
平家螢に平家蟹
あはれと鎮魂が
生き物たちの名にも
残っている

珍種の蛾は
蝶よりも蠱惑的
ヘッセの小説で
少年が友達から盗んだのは
クジャクヤママユ

むせ返る
甘い蜜の香り
全身花粉まみれで
飛び回る
黄金虫の法悦

ミツバチが
一生飛び回って
集める蜂蜜は
ティースプーン
一杯分だという

リィリィリィリィ
ジーッ　ジーッ
コロロロロ　コロロロロ
秋の草叢は
合奏の饗宴

十重二十重
名月を囲む
秋の虫は
夜更けも忘れて
そこだけ賑やか

蟋蟀を逃がす
手の中の
蠢き
い・の・ち が
鼓動している

廃屋に
一匹
蟋蟀が鳴く
この家を守る
主《あるじ》のように

新聞紙にくるまれた
紫海胆《うに》
棘を折り　殻を割れば
台所いっぱいに
潮の香《か》

秋になると群れをなし
列島を縦断する
蝶がいる
奄美群島や八重山まで
大海原を羽搏いて

蟻地獄に落ちた蟻
その蟻を捕える
アリジゴク
死と生が
交錯する　一瞬

千切れた
蜥蜴の尻尾だけが
くねって
踊っている
庭先の炎天下

渓流を　傷ついた体で
遡上する鮭
産卵後も卵を守り抜き
力尽きて流される
カムイチェプ　神の魚《うお》

人参畑のうえを
ふわふわと
魂が
飛んでいるかのような
晩秋の紋白蝶

みんな同じ
顔に見える
とサル山の
サルたちも
人間を見ている

コアラ　パンダ
ナマケモノ
エネルギー消費が低すぎて
超スローモーが
かえって人気の的

深海魚が二匹
悠然とすれ違う
この前出会ったのは
五〇年前　いや
百年前だったかも知れない

深海の底に
沈んだ魚を
半透明な小蝦たちが
ゆっくりと
骨格標本にしてゆく

自然

弥生（三月）

天地人

道の先は
岬
岬の先は
荒海
果てには　霧煙《けぶ》る島影

常陸の冬海は荒々しい
凍てつく朝は
毛《け》嵐が起こる
波間にたなびく靄
水平線からは曙光

OkuboNobukO

満月の夜
差し込む光に
海底《うなぞこ》から
一斉に珊瑚が産卵
海の中は　海面まで桜色

海藻の森に潜る
海女の気泡
四分、五分・・・
とこぶしの桶が
波間にたゆたう

真っすぐに降る
斜めにも降る
広重の雨に似て
春の雨
蕭蕭と

アドリア海のように
紺碧を湛えた蒼穹を
一直線に
切り裂く機影――
真っ白な航跡を曳いて

三千メートルの
山頂から見上げると
星座と宇宙に包まれる
体ごと
吸い込まれそうになる

夜明け前の八ヶ岳
峰に向かう
険しい山道
登りつめれば
富士まで連なる大雲海

雷鳴が
天を走り抜け
地を駆け巡る
稲妻は見えず
分厚い雲の中

あまつぶが
おおきな　はっぱの
うえに　　おちて
はじけて　ころがって
おおきな　たまになる

星月夜《ほしづくよ》
清流の川床を
小石がごろごろ
音を立てて転がり行く
もう　夏も終わり

夕立後の積乱雲も
ねぐらに帰る鳥たちも
すべて
永遠の中の一瞬
見ている私も

秋風を
引き連れて
夜の急行列車が
一気にホームを
駆け抜けて行く

冬は孤高だ
吹き荒ぶ北風
白銀《しろがね》の大地
煌々と輝く星空
冬は凛としている

神明《しんめい》貝塚から
出土した縄文人骨
三千八百年の
封印が解かれると
見る間に風化し始めた

日本列島の先住民族は
縄文人
だが　直系のアイヌ民族と
沖縄人は　どちらも
迫害の歴史

失われた若さへの嫉妬
殺意は
自分の分身に向けられた
「鏡よ、鏡よ、この世で
いちばん美しいのは誰？」

一緒にベッドで寝る
約束をした蛙
嫌よと壁に投げつけた
王女様
危ういところで魔法は解けた

ラプンツェルの髪は長い
解《ほど》けば塔の窓から
地上まで届く
主役は金色《こんじき》に輝く
長い　長い髪の毛

母親は　死んだ後も
榛《はしばみ》の木と鳩になって
何度も愛娘《まな》を救った
灰かぶり姫は
母性愛の物語

人間

卯月（四月）

恋愛と女性

永遠の時の中で
肉体と精神をもった
男女が
無条件に惹かれ合う
一瞬の火花が　恋

恋愛とは
自己破壊
すべてをかなぐり捨て
脱皮しようとする
精神の修練

恋愛は
一種の狂気
恐るべき深淵を
覗き見た者は
二度と恋愛論を語らない

恋愛は
遊びと死ぬほどの真剣さ
両極端が
入り乱れる
恐ろしい仮面劇

Yasashii hito desu ne?
Iie, mikake dake desu yo!
Yoku kiga tsukare masu yo ne?
Iie, kyo wa tamatama desu!
二人称のモノローグ（独り言）

二〇代で　年上の夫人と
十年間の恋
七四で
一七歳の少女に求婚
ゲーテに見る恋愛道の難しさ

白砂の底から
湧き出る泉のように
心がきれいな女性
周りをみんな
幸せにしている

好きな魚はと訊くと
鮎と答えた女性《ひと》
四万十川の清流の
川底に棲む
若鮎にも見えた

私のメールを
御守り代わりにしている
と言った人
死ぬまで　いや死んでも
守ってあげたい

命にかえても
手に入れたいと思うもの
絶対に手に入らないもの
心と心
魂と魂

貴方の記憶の中の
私と
私の記憶の中の
貴方が
無言で交信している

母の手に
引かれた手が
彼の手に触れ
子供の手を取り
今、母の手を引いている

西洋画の女性は
豊満な肉体美
大和絵の女性は
十二単《ひとへ》に身を隠し
長すぎる黒髪で色香を表す

うなじ　えりあし
ふくらはぎ
日本語の身体表現は
どれも艶《なま》めかしい
浮世絵師が目を付けるはず

立待月
居待月　臥待月
さやかなる
光の美女を
夜ごと　独り占め

微笑みは菩薩のごとく
ふくよかさは
ヴィーナスのよう
妊婦の母性は
人間を超えて神々しい

遺伝子の企みの前には
なすすべもない
恋愛も妊娠も
子育ても　すべて
遺伝子の思うがまま

男女が仲良く
手をつないでいる
「もっと愛し合って
早く〈私〉を生んでください」
二人の遺伝子が囁き合っている

何度もリフレインされる
あの時の「もしも」
叶わなかった過去の前で
記憶の時計は
今も止まったまま

ラスコーリニコフのように
暗かった人間が
明るく　快活になった
救い出したのは女性
聖女かも知れない

まるでメルトダウンした
炉心の近くで
大量被曝するよう
若い人からの
恋愛相談は

カップの
縁《ふち》に残った
真っ赤な唇
眩しく　艶めかしく
洗い落とせない

全人生
全存在を賭ける
恋愛は信仰のよう
恋愛は
最高の賭けである

Parier sa vie
Parier son existence
Aimer c’est croire
Aimer
Le plus grand des paris

人間

皐月（五月）

ユーモアと孫

ＫＹ〔空気読めない〕
ＪＫ〔女子高生〕の
アルファベット略字は
ＣＢ〔超微妙〕で
ＩＷ〔意味わかんない〕

地獄谷温泉は
雪中の野猿で有名
外国人観光客が来ると
餌をまく職員
真夏でも釣られて入る猿

「白い脳みそが
宙へ飛び散った！」
踏切で　豆腐屋の
バイクとぶつかった
母の一瞬間の幻視《イリュージョン》

組体操はアブナイ
騎馬戦もキケン
教員総出でこわごわ支える
今どきの運動会は
過保護すぎてスコシヘン

一周忌

病室から響く読経の声
ここで亡くなった
親の供養がしたいという
入院患者が凍りついた

八十五歳

高齢のため賀状を欠礼します
と書いてきた人から
九十歳で突然の年賀状
どういう心境の変化だろうか

見つける
　見守る
見つめる
　見送る
見捨てられる

愛さない
　愛します
　　愛する　愛するとき
　　　愛すれば　愛せよ
いや　愛してください

昔　むかし
自分のお弔《とむら》いに
出くわした侍がいた
不思議なことに
翌日　本当に亡くなっていた

藪入りの中
溺死した番頭さんが
主人《あるじ》の枕元に手をつき
七晩詫びに来たという
祖母から聞いた　明治の話

海辺に現れた
若い女房と昔の許婚《いいなずけ》
津波に呑まれて
一緒になったと言う
情念の極みで　怖くも切ない

山の神　川の神
森の霊　海の霊
　遠野物語では
人里離れた処に
異界がある

「おっぱいにしようか」
やさしく微笑むと
にっこりと笑う
娘と生後二か月の
微笑の交信

赤子のウンチさえ
いい匂い
癖になりそう
と娘はいう
この母性が人類を育んできた

「この子には
どんな未来が待っているのか」
見届けられない
初孫の寝顔を
じっと見つめる

アフリカの大地で
初めて人類が
言葉を発した時のように
一歳二か月は叫んだ
「ちゃあちゃん！」

くるくる　くるくる
まわりつづけると
めがまわって
すとんとしりもち
一歳児　初めての運動会

スプーンを
わざと床に落とし
ケラケラッと笑う
もう大人を試している
一歳三か月

積み上げた積木を
一気に崩す
幼子は
世界を破壊する
シヴァ神のよう

この前
生まれたばかりの孫娘が
ハグしてくれて
チュッ
ああ、長生きしなければ

「くまさんごめんね
おそうじするね」
掃除機片手に
縫いぐるみに言う
二歳児の誕生日

我が子を見守る
娘の優しい眼差し
二重写しになる
膝の上で遊んでいた
娘の遠い記憶

子どもを産んで
娘は優しくなった
孫が生まれて
家内も優しくなった
みんな　みんな優しくなった

生了宝宝之后
女儿变温柔了
孙子诞生之后
内人变温柔了
大家　大家都变得温柔了

人間

水無月（六月）

社会と生活

「生きがいいねぇ」
「ピチピチ跳ねてる」
息が苦しいからです
「身が新鮮だねぇ」
絞めたばかりですから

もしかすると
貴方は生まれて
来なかったかも知れない
出生前診断
神に代わって　命の選別

「私は生きていていいの」
愛情を受けなかった子が
一生抱える
深い闇のような
自問

落ち武者狩りから
逃れて来たのだろうか
ガード下の男は
悲しい
落人の目をしていた

学校で学んだことを
すべて忘れても
あとに残っているのが教育
アインシュタインの言葉は
核心を衝いている

モンゴル遊牧民の生活は
ゲル、一つ
アボリジニの持ち物は
編み籠、一つ
究極の断・捨・離

人の一生は
修行の道
掃除や料理が
坐禅と同じく
修行であるように

薹《とう》が立つ
えぐみが出る
野菜ではない
人の心に深く刻まれた
繊維質の固い年輪

論理は整合的でも
大前提が誤りなら
結論は最悪
例えば　人種的偏見と
ユダヤ人問題の最終的解決

人間は信じられない
神さえも信じられない
アウシュヴィッツを
生き延びた女性の
極限状況のことば

民族を根絶やしにし
死者の生きた
痕跡さえも抹殺する
絶滅収容所の
本当の恐ろしさ

ノーベル賞作家が
ナチ武装親衛隊にいたことを
告白
十代でも赦されない
戦後ドイツの非寛容

砂漠に立つ鉄塔は
史上初の原爆実験
科学者は畏れ慄《おのの》き
インドの聖典を呟いたという
「我は死神　世界の破壊者」

爆心地　地上六〇〇M
熱線　三〇〇〇度
衝撃波は　市街地を破壊
放射線は　人体を貫通
原爆は　冷徹に計算されていた

ビキニ　ムルロア
セミパラチンスク
核実験は二千数百回
核弾頭は二万発
人類は地球を百回破壊できる

生き埋めにされた
魔物のように
大量の放射性物質を
封印したまま
チェルノブイリは眠りにつく

「神がいなければ
全ては許される」
神を否定した神学生は
やがて独裁者となった
ヨシフ・スターリン（鉄の男）

独裁者《スターリン》に反逆すれば
粛清される恐怖の中
信念を貫いた
芸術家たちがいた
社会主義リアリズムに抗して

OkuboNobukO

試合日なのか
七尺三寸の
長弓を手挟《た》み
颯爽と行く
弓道女子

外野からの返球が
矢のように吸い込まれる
間一髪でタッチアウト
あの快感が忘れられない
と野球少年

遠く　近く
除夜の鐘が
寒空に木霊する
今年は
湯煙の中で越冬

餡餅《あんもち》　白味噌
ぶり　塩鮭
具材は違っていても
列島の元旦は
揃ってお雑煮

親の歳は知るべし
長寿を喜ぶためと
老いを気遣うため
孔子の言葉は
今なお真実

畏敬の念を覚えるもの
「我が上なる星鏤《ちりば》める天と
我が内なる道徳律——」
哲学者の墓碑銘は
ほとんど詩

文化

文月（七月）

文学・芸術

真っ新《さら》な紙があるだけで
幸せそうだったという
清少納言
女御《にょうご》たちの含み笑いが
今にも聞こえて来そう

風雅をもって
武力に対抗しようとした
定家
その美意識は　やがて
武家をも呑み込んだ

「頓《やが》て
死ぬけしきは見えず蟬の聲」
三百年
誰も超えられなかった
至高の一句

初案は「山寺や」
次案は「さびしさや」
芭蕉が最後に
到達した境地は
「閑《しづか》さや」だった

漢文と西洋の外国語
自在に書ける碩学は
明治でも稀だった
鷗外と漱石
「文豪」に共通するもの

明治三十七年
「吾輩は猫である」
大正元年
「興津弥五右衛門の遺書」
日本語と日本文学のエポック

千駄木の観潮楼
西片町の木曜会
日本の文芸運動は
目と鼻の先にあった
二極の共振から始まった

雑司ケ谷には
漱石　鏡花　荷風が眠る
禅林寺は鷗外と太宰
染井には芥川と谷崎
文学紀行はお墓参りから

フェルメールの青は
ラピスラズリ
北斎　広重の青は
プルシアンブルー
世界を魅了した奇跡の色

黄金に包まれた
女の顔は恍惚の中
だが足先は崖の外
クリムトの「接吻《デアクス》」は
愛の儚さを暗示する

湖面に映っているのは
空と雲
点在する睡蓮《ニンフェア》の花は
風に揺れ動く
モネの池には天地がある

一〇〇年経っても
モネのパレットは
色鮮やかな
絵具のカンヴァス
それだけで芸術作品

分離派　表現主義
フォーヴィスム　キュビスム
シュルレアリスム
二〇世紀の芸術は
観賞する前から頭でっかち

ナチスが開催した
「大ドイツ芸術展」と
「退廃芸術展」
長蛇の列ができたのは
退廃芸術の抽象画だった

ガット弦は　羊の腸
弓は　馬の尻尾の毛
摩擦は　弓に塗った松脂《やに》で
弦楽器の深い
音色《ねいろ》の秘密

クレモナの名器
アマティを試しに
弾かせてもらえば
琥珀色の古酒さながら
芳醇な音色

ベートーヴェン晩年の
ピアノソナタと
弦楽四重奏曲《クァルテット》は
音楽家が到達した未踏の境地
もはや音楽を超えている

心の奥には　いつも
失われた祖国があった
「マズルカ」
「ポロネーズ」は
ショパンの望郷の曲

ワルツ　ポルカ　マズルカ
華やかなウィーンの
音楽から漂ってくるのは
ハプスブルク帝国
落日の予感

オーボエのA（ラ）を合図に
オーケストラは
一斉に音合わせ
入り混じる音の響きは
水に溶けた絵具のよう

ゴッホの絵は
晩年になるほど凄味を増す
孤独の極北で見た
煌煌と星の渦巻く
星月夜

一歳の女の子を残し
お腹の子を抱えて
ジャンヌは飛び降りた
夫　モディリアーニの
死の二日後

民衆の視線は憎悪
丸刈で追われる女と
ドイツ兵とできた赤ん坊
戦争終結の瞬間を
キャパのカメラは活写する

ビートルズの
「サージェント・ペパーズ」
ピンク・フロイドの「狂気」
七〇年前後のポップスは
破壊と創造のカオス

悪魔に魅せられたか
ナチス党大会を
最高の映像美で描いた
レニ・リーフェンシュタール
最後の作品は一〇〇歳の時

監督　デ・シーカ
主演　ソフィア・ローレン
マルチェロ・マストロヤンニ
もう観る前から
胸の中が熱い

ヴァイオリンもチェロも
究極の曲は無伴奏
天と地の間
人間と神の間を
縦横無尽に音が駆け巡る

Sowohl in Violine als auch in Cello
Ist die ultimative Musik
ohne Begleitung
Zwischen Himmel und Erde
Zwischen Menschen und Gott
Laufen die Töne hin und her,
unendlich

文化

葉月（八月）

日本文化と異文化

遠く本堂から
太鼓と鉦の音《ね》が聞こえる
払暁の禅堂
十数人の雲水に交じって
一人　壁と対座

奥能登の總持寺は
七百年の古刹
午前三時半
坐禅の行が厳かに始まる
咳一つない静寂

地鎮祭
氏神様を呼び出す神職の
おどろおどろしい警蹕《けいひつ》に
「言霊」を畏れた
古代人の心を聴く

生け花は　空間
茶室は　沈黙
音楽は　間
日本文化の本質は
余白と余韻

繊細なことばを
紡ぐ日本人
その日本人を創った
繊細で
美しい日本語

氷柱　木洩れ日　花吹雪
淡雪　雨垂れ　蝉時雨
先人たちの
美意識と
みごとな語感

月明かりの下
門は推すがいいか
敲《たた》くがいいか
推敲の醍醐味は
唐代も今も変わらない

日本の詩歌は
言葉の小宇宙
極限まで達した思いが
結晶化し
光を放っている

フブクユキ、フブユキ
フブキ（吹雪）
コロコロギス、コホロギス
コオロギ（蟋蟀）
日本語の音は限りなく美しい

玉《ぎょく》は西域から
シルクロードを経て
長安の都に運ばれた
「完璧」と「玉に瑕」
「玉石混淆」の原風景

「てふ　てふ」とは
蝶の翅が羽搏くときの
無音の
空気の振動音だと
詩人　朔太郎は言った

アドルノは言う
「アウシュヴィッツの後で
詩を書くことは野蛮《バルバーリッシュ》である」
いや　だからこそ
詩の本当の意味が問われている

お淑《しと》やかで慎《つつ》ましい
日本女性は世界中の憧れ
だが　外国人の夫は
笑って言う
「見かけだけ　見かけだけ」

「優しいから
日本女性と付き合いたい」
と言っていた留学生
願いかなって
職場結婚

イスラムには
「目美人」という言葉がある
新郎がベールをとって
新婦の素顔を見るのは
結婚式のあとの夜

アーリア民族の純血性は
語られなくなったが
金髪の純血主義は
生き残っている
金髪は金髪の相手を選ぶ

ステープラーと
言うべきところを
母国語が思い出せず
ホッチキスと言った
在日長い　英国紳士

「これは故郷《ふるさと》の砂」
ありがた迷惑な黄砂でも
留学生は
空を見上げて
懐かしそうに言う

日本の台風は
番号で分かりづらい
名前にすべきと西洋人はいう
ハリケーン・カトリーナ
寅次郎台風　さくら台風

ザンビアには
七五もの部族語があるという
「日本の言葉はいくつ？」
一つだと答えると　みな
顔を見合わせてびっくり

OkuboNobukO

玄宗皇帝に仕え
王維、李白とも
親しく交わった
阿倍仲麻呂は
空前絶後の文化人

七世紀　遣唐使が
長安で学んだ漢音は
今も中国の方言に残る
国家《コッカ》、世界《セカイ》、了解《リヤウカイ》
時空を超えた不思議な一致

儀礼的な篆《てん》書は
秦の国の書体
二千年後
始皇帝の遺産は
日本の実印に残っている

公文書には
元号と印鑑が必要と
定めたのは大宝律令
唐代の律令制は
今も日本で生き残る

戦乱と政治に背を向け
わび・さびに
美の理想を求めた
将軍　義政
日本文化の雛型を造った

茶の道を極めた
利休と織部はともに自刃した
権力者の逆鱗に触れた
風雅と政治との
危うい関係

色鮮やかな鎧に太刀
愛馬嘶《いなな》く坂東武者は滅び
残ったのは地名だけ
江戸氏　河越氏
比企氏　秩父氏

春日部にある
お米屋は
天正年間の創業
信長、秀吉の時代から
よくぞ生き残った

コロンブスらが
持ち帰った風土病
梅毒《シフィリス》が世界一周し
日本で発症したのは
わずか二十年後、の意味

教会には戻らなかった
隠れ切支丹
殉教と隣り合わせだった
先祖の教えを
一心に守りつづけて

殿様から側室に
と言われた娘の父親は
切腹覚悟で断ったという
断ったから
今の私がいる

晩翠が見たのは
弾痕生々しい鶴ヶ城
廉太郎が見たのは
竹田城の城跡《しろあと》
「荒城の月」は阿吽の合作

明治憲法と
ワイマール憲法は
たった一条項で機能停止
あとは　独裁と戦争へ
日本もドイツも一瀉千里

「我カ臣民
億兆心ヲ一《イツ》ニシテ」
昭和の總力戦を支えたのは
良くも悪くも
明治の教育勅語だった

青い目の青年を
介抱した少女は
求婚されて海を渡った
クーデンホーフ光子
墺太利＝洪牙利《ハンガリー》帝国伯爵夫人

映画「カサブランカ」
ラズロのモデルは
ナチスに睨まれた
クーデンホーフ伯爵
ＥＵの父で　母は日本人

ペルシア王は
閲兵中　涙を流した
人の命は儚い
百年後この中で生きている
人間は誰もいないと言って

人殺しが
見世物になる
ローマのコロッセオは
人類究極の
禁断の娯楽

奴隷商人だった男が
悔い改め
牧師になって作詞したのが
「アメイジング・グレイス」
歌い継いだのは黒人たち

トロイアの英雄
ヘクトールは
投げた槍で貫かれ
弁慶は全身に矢を受け
壮烈な立ち往生

生と死

神無月（十月）

戦争か平和か

拝啓
青春もなく
遠い異郷に散った皆さんは
戦後の平和な日本人を
どう思われますか

追伸
生きて帰りたかった
皆さんの御遺骨さえ
持ち帰れないでいることを
どうかお赦しください

ビルマで戦死した
長兄《あに》の遺骨
制止を振り払って開けた父
石ころが一つ　入っていた
昭和十九年　冬

生死の狭間で三年八ヶ月
軍艦は次々に沈められ
辛うじて生還した
義父《ちち》の祖国は
焦土だった

我ガ民族ハ世界中デ特別
外國人ニハ理解デキナイ
ナショナリズムが
陥りやすい
集團的自己陶酔の罠

二・二六事件
十九名銃殺の跡に
ＮＨＫセンターは建ち
東京裁判　七名絞首刑跡に
サンシャインは建つ

戦争で最も怖いのは
「狂気」
集団で思考を停止し
殺戮も自決も
無感覚になる

狂気は戦場だけではない
たとえば
米軍捕虜八名を
生体解剖した
帝大医学部外科室

Ｂ29が飛び立った
サイパンは
玉砕の島で　観光地
死者たちは　今
何を思っているだろうか

サイパン　テニアン
ペリリュー　硫黄島
玉砕の島々をわたる風は
椰子の実を揺らして
群青の海へ消えていく

「贅沢は敵だ！」
戦時中
だれかがこっそり
ポスターに落書きした
「贅沢は素敵だ！」

サイダーは　噴出水
カレーライスは　辛味入汁掛飯
コロッケは　油揚げ肉饅頭
大真面目だった
敵性語追放は　まるで喜劇

大陸も島々も
ゆっくりとプレート上を
移動しているだけなのに
領土、領地と
霊長類は大騒ぎ

一つの集団を
皆殺しにする動物は
チンパンジーとヒトだけ
戦争の宿痾《しゅくあ》は
種の内にあるのだろうか

「神が死んだ」
神が死ぬとどうなるかは
二十世紀
二度の世界戦争が
証明してみせた

かくれんぼうは
深い海の中
もういいかい
まあだだよ
積んでいるのは核ミサイル

ひめゆり学徒隊になった
伯母の級友たちは
陸軍病院の塹壕で戦死
十代の乙女の命は
あまりに儚い

追い詰められた
島民《うちなーんちゅ》たちが身を投げた
喜屋武《きやん》岬
寄せ来る波は
怨嗟の声で砕け散る

男は妻子に会いたがっていた
が、帰れなかった
戻って来たのは
千人針と
家族の写真

戦没者三〇〇万人は
戦争では捨て石
だが戦後の長い
平和から見れば
尊い礎《いしずえ》だった

生と死

霜月（十一月）

自然と生命

琥珀の中の
小さな羽虫
巨大なシダの森で
恐竜の鼻先を
悠々と飛んでいたのか

一滴の水
一つの細胞
一個の原子の中には
極大がある
宇宙がある

宇宙誕生《ビッグバン》以前は想像を絶する
物質も無ければ
時間・空間も無い
有るのは
絶対的な無だけ

物質と反物質が出会うと
一切が消滅
僅かな非対称が
宇宙を誕生させたという
素粒子論はＳＦの遥か先

地球に最も近い
地球外生命
それでも光速で
三七年の彼方
遠いのか　近いのか

悠久の時の中で
人類は
少し前に誕生し
一瞬の間　文明を築き
やがて消え去る定め　か

素粒子ニュートリノは
地球一万個をも
通り抜けるという
宇宙物理学は
ロマンと詩情に溢れている

金とプラチナは
超新星の
大爆発が生んだ
中性子星合体の産物
意外に身近な宇宙の神秘

地球は
動植物の星であり
昆虫たちの楽園
だが　それ以前に
微生物の繁殖する惑星

臓器同士の
見えない会話
腸内細菌が握る
人間の免疫力
人体はまさしく小宇宙《ミクロコスモス》

冬は寒かろうと
ふた冬
父の骨を自宅に置く
三年目
もういいからという声がした

たっぷりと墨汁を含んだ筆で
一気に書き上げられた
「心」の一文字
撥ねた勢いまで
墓碑に残っている

死ぬこととは
自分の葬儀に
参列できないこと
会葬者と談笑しながら
故人を偲べないこと

死ぬこととは
モーツァルトが聴けなくなること
とは　アインシュタインの名言
この世で名残惜しむものは
誰にでもある

あの人も
この人も
記憶の中で生きている
みんな不思議と
微笑《わら》っている

肉体がこの世から
無くなるのは半分の死
故人の記憶が
人々から消え去る時が
本当の死

蜉蝣《かげろう》は一日
人間八〇年　屋久杉千年
寿命は違っても
永遠を生きるかのように
「今」を生きている

動物の死骸は
微生物が解体
朽ちた倒木は
黴とキノコが最後に分解
お蔭ですべて　土に還る

人は死ねば原子に戻る
分解して　水素と
酸素　炭素　窒素になる
太古の昔
生命誕生の前のように

死ぬことは
土に還ること
進化の道を逆にたどり
生命誕生の起点に戻ること
窮極の初期化

生を死が呑み込む前に
命は　命を
命に　手渡す
個体には死が
命には永遠が

古《いにしえ》の書は言う
人は死ねば
雨になり　土になり
草木になり
生き物になってまた甦ると

地には　蟻の行列
空には　流れる雲
蜂が花畑に群がり
遠くには園児の声
すべて　事もなし

生と死

師走（十二月）

自画像

夜空を駆け抜ける
流星にも似て
一瞬　光を放つ
人の一生
零から始まり零へと消える

「心音が弱って来ている！」
叫ぶ産婦人科院長
「若いからもうひと頑張り！」
励ます老練の助産婦に看護婦
誕生日は　感謝の日

大濠公園では　鯔《ボラ》が跳ね
西公園の下は　海だった
黒門の前は　水飴屋
川を渡ると　唐人町
福岡は　遠い思い出

叩き付ける雨風
記憶のフラッシュバック
山頂付近で動けなくなり
脳裏をよぎる
遭難の文字

両親から
辿って行くと
何百何千何万何億もの
祖先が
私の中で　眠っている

苦しみに
焼き尽くされ
悲しみの果てに
阿修羅となる
人は苦と悲の器

むさぼるように読んだ
少年の心を捕えたのは
カフカ　カミュ
ドストエフスキー
だったかも知れない

突き詰めて　突き詰めて
精神が壊れる寸前の
作品は神々しいばかり
ヘルダーリン
ニーチェ　そしてゴッホ

世俗を捨てて
出家した教え子
悟りを求めて
修行したいと言う
その真剣さに胸打たれる

しんしんと降る
北陸路の雪
托鉢する僧侶は
わらじ履き
その中に教え子がいる

親友が自死
母親は病死
悲しみに押し潰された
女学生二人に
懸命の登校メール

M《マイルス》・デイヴィスの演奏に
会話のさざめきが
波打ち際の
波のように消えてゆく
学生街のジャズ喫茶

一体一体を
まるで仏師のように
全霊で
彫り上げる
ことばの鑿《のみ》で

材の内に眠る御《み》仏を
斧と鑿で
彫り出すことが　行
円空仏は
今も　全国に五千体

幻の蝶を追い
網で生け捕り
標本箱に展翅する
あの時の高揚感に
五行歌は似る

色紙に残る　寺山修司
馬場あき子らとの寄せ書き
亡くなって知る
遠縁の叔父の
前衛歌人としての顔

真剣の刃に
触れれば
血が滴り落ちる
そんな魂の震える思いが
今は欲しい

突き抜けよ
突き抜けよ
という声がする
遥か先までつづく
一本の道

ここという世界
今という時代
時空の座標が交差する
原点に
「私」という人間は立っている

父が付けた名前は
「道程」
光太郎の詩のとおり
一人道を切り開く
人生だった

春は　樹々の緑
夏は　海と潮風
秋は　山の紅葉
冬は　満天の星
ほかに何が必要だろうか

跋

草壁焰太

岡田道程氏と私は同じ哲学学徒である。日本の西洋哲学学徒は、妙に照れ合う関係になりやすいのだが、私のほうはとくに一方的に照れた感じで岡田氏に接していた。

しかし、氏の哲学がどういうものなのかとくに知っているのでもなかった。哲学の話は錯覚の起こりやすいところがあり、同じテーマで話していても、まったく違うことを言っていることが起こりやすい。「学」と言っているのに、すべての学者の立っている「土俵」は違うと言っていいほどなのだ。

これは、たとえば「神」といっても、すべての人の「神」のイメージは違うのと同じである。同じ宗派の人であっても、一人一人、神のイメージは違うはずだ。同じだという証明はできない。

この歌集のタイトルを見たとき、私はこの歌集にある歌、

畏敬の念を覚えるもの
「我が上なる星鏤《ちりば》める天と

我が内なる道徳律――」
哲学者の墓碑銘は
ほとんど詩
（人間　水無月）

から来たものと、勝手に想像し、ニヤッとした。これはカントの実践理性批判の後記にある言葉で、私はここをきっかけに西洋哲学から分かれ、日本の言葉でもの思いに徹し、歌を書くことに専念するのが日本人の哲学となるだろうと自分の人生の舵を日本の側にきった。

岡田氏も同じ転回点を持ったのかと、思ったのだが、彼のあとがきによると、タイトルは別の星月夜の歌から採ったという。むしろ、星月夜という言葉、「月はないのに月夜のように明るい星空」のそのきわめて日本的な言葉とそのもつイメージの美しさからタイトルとしたようである。

錯覚が起りやすいというのは、こういうことである。

岡田氏と私では哲学も歌もまったく違う。しかし、強く一致したところもある。

それは「日本へ帰ってきた」というところであろうか。岡田氏のほうが西洋哲学の教授として生きたから、西洋哲学の森に彷徨った期間もその奥への細道も徹底しているが、あらゆるものについて細部を感性によってとらえ、それに思考も重ね、その一つ一つの歌を構成することによって、自分の哲学としようとするところが、日本の歌を徹底しようとした私の方向と同じである。しかし、その表現の与えるふんいきはかなり違っている。

人によっては、私と岡田氏の歌は、対極にあるようなものと感ずるかもしれないほどである。ここが感性の軸をも中心に置く歌の世界の多様の面白さであろう。氏はその多様なものが鏤められた世界を星月夜と言いたかったのであろうか。

この歌集は、まず開いてしばらく読んだとき、まるで博物学歌集かと思うくらい、徹底した博物学の知識と実質を含む歌に出会う。

紫陽花も　　　　節くれ立った

額《がく》紫陽花も
花を装った萼
アントシアニンは
変幻自在な色の魔術師

ホタルは
孵化する前から
光り始めるという
発光を已《や》めるのは
産卵後　死ぬとき

嫗《おうな》の指に似て
無数の根が大地を摑み
樹齢　幾百年の
古木を守る

蟋蟀を逃がす
手の中の
蠢き
い・の・ち　が
躍動している

しかし、この自然論から、歌集が、人間論、文化論、生死論と進むに従って、著者を感動量で動かしたさまざまな歌が、たっぷりした感性と知識と推理を併せて豊かにちりばめられているのを見る。恋については、

人参畑のうえを
ふわふわと
　魂が
飛んでいるかのような
　晩秋の紋白蝶

男女が仲良く
手をつないでいる
「もっと愛し合って
早く〈私〉を生んでください」
二人の遺伝子が囁き合っている

二つの歌はまったく語り方が違う。上は無心の恍惚の美しさを下は恐ろしいような宿命の命令を冷静に書き上げている。ただし、蝶の歌は如月の動物の歌に分類されているが、私が勝手に恋の歌と解釈したものである。

「生きがいいねぇ」
「ピチピチ跳ねてる」
息が苦しいからです

「私は生きていていいの」
愛情を受けなかった子が
一生抱える

深い闇のような
「身が新鮮だねえ」
自問
絞めたばかりですから

生命についての見方も、決して甘くない。むしろ残酷がその根底にあることを認めざるを得ないといいたいかのようだ。一つ一つの項目について、取り上げたい歌、解説したいことはたくさんある。作者の慄きや悲しみが、感動量として伝わるからである。あとがきによると、氏は西洋文芸にあるアフォリズム（警句とも訳される）の形式を五行歌に意識したとある。「優れたアフォリズムは、たった一つの文章で本一冊分の叡智となる」（フォンターネ）、そのような願いによって、一つ一つの歌を仕上げようとしたのである。

元来、日本の「うた」がそういうものであった。ひとつの短い「うた」によって、すべてを表そうとすることで、思いとことばを磨こうとしたのが、日本の短詩の歴史である。

ゲーテの名言も多くはアフォリズムの形で書かれ、それは分量として五行歌とおなじくらいのながさのものである。私は五行歌のなかに、格言のようなものがふくまれてくるのは、当然と考えている。詩はよいことばだからだ。

岡田氏の歌は格言的ではないが、うた一つにすべてをという思いで歌を書き、それを全学問の書のような構造にまとめたのである。

歌集は全学科をそろえるような構造を採っているが、作者はそれぞれに、睦月、如月…というような日本の月の呼び方を加えている。月の名にあるふんいきのようなものを、これに付したいのである。

たんに理性的な構造ではないとも言いたいのだ。彼はそれを「匂ひ」のようなもので区別したのであろう。

異文化論にも見る多様を受け入れたいという意識が、ここにも見える。知性も感性も理性も貪欲である。それがこの個性的な珍しいような歌集を創った。私は彼自身の表現のために私の創造した五行歌という様式が役立ったのであろうと思い、同じ哲学学徒であることからも非常に嬉しく思う。

彼は、「学会と学術誌の中では、一つの思いに百の文献紹介をつけるような世界で、自分の〝オリジナル〟が表現できずにいた。その反動から、これなら、誰の物真似でもない、１００パーセント自分のオリジナルだと胸を張って示すことができるものが、ようやくできた」と思い、全エネルギーを五行歌に注ぐようになったと、話してくれたことがある。

私にとって、これ以上はない嬉しい話だった。この歌集には確かにそのエネルギーをも感じさせるものがある。まるで西洋人の体幹の持つ厚みのような力、日本人には欠けがちなその逞しさに私は自分にはないものをわくわくとして期待する。

どこまでも、知性と感性と理性の真実を、貪欲に求めて行ってほしいと思う。世界の豊かさを描きつくすまで。

あとがき

五行歌二十五周年に合わせて、全国各地での記念歌会が相次ぎ、加えて五行歌人二百十一名の歌に写真を添えた「言葉でひらく未来」巡回展が、八月から東京、大阪、福岡、盛岡の各会場で順次開催されている。ちょうど元号が、平成から令和に変わった年でもあり、このような大きな節目に、この拙い五行歌集を上梓することができたのは、幸運というほかない。

本書は、二〇一五年一月～二〇一八年十二月までの四年間に発表したり、書き溜めたりした五行歌の中から、二六四首を撰んで、一冊に纏めたものである。昨年の二月に、初めて今回の企画を立て、現行のような十二の章に分けて、テーマ別に原案を作ってみた。しかし、収録した三年分、二〇一五年一月～二〇一七年十二月の五行歌二四〇首では、物足りず、不十分であったため、その後約一年をかけて、差し換えと並べ替え、そして新たに創作した四〇首を加えて、推敲を重ねた末、今年三月ようやく脱稿した。

今年で、五行歌の会は創立から二十五年を迎え、その間、多くの歌人《うたびと》が数多くの秀歌を発表し、個人歌集も九十冊（うち絶版六冊）を数えるに至っている。しかし、五行歌はこうでなければならないという定型はいまだなく、いろいろな種類の歌が、自由に詠まれ、創り出されている。同人の佐々木龍氏の言葉を借りれば、五行歌の対象となり得るのは、「ごく身近な人や生き物の、時に苛酷な営みからも、地球を含めた、遥か宇宙の深淵からも――極小から極大まで、無数の問いを問われている。詠うということは、そうした問いの一つ一つに、丁寧に答え続けていくことでもあるだろう」（月刊誌『五行歌』二〇一九年五月号、五四頁）と言う。

この五行歌集は、目次からも明らかな通り、全体が自然、人間、文化、生と死という四つ大きなテーマに分かれている。さらに、それぞれのテーマの下に、三つのサブテーマが設けられており、全体で十二のサブテーマが、十二ヶ月、春夏秋冬の一年の季節を巡るようになっている。

一年は、一月（睦月）に始まり、十二月（師走）に終わる。そして十二月が終わればまた一月が始まり、冬が終われば再び春が廻って来るように、十二ヶ月は、自然の循環を表している。生と死の対立を超えて、生命と自然の循環、いのちの再生が、この歌集のコアの部分をなしていると言えるかも知れない。

テーマ別という方法以外にも、詩歌の伝統とともに参照したのは、アフォリズムの表現と哲学的な思索の方法であった。アフォリズムとは、一言で言えば、十九世紀ドイツの詩人・小説家、フォンターネ（Theodor Fontane）が言うように、「優れたアフォリズムは、たった一つの文章で本一冊分の叡智となる」という言葉に代表されるものである。西洋には特に、この伝統がある。他方、哲学的な方法、思索の方法とは、感覚や印象だけにとどまらず、物事の本質や核心に迫ろうとするアプローチの仕方であり、答えを性急に求めるのではなく、問いとともに

「考えること」が余韻として残るような詩歌の在り方を意味している。

それは、問いかける五行歌、考える五行歌と言ってもよく、敢えて言えば、詩歌と哲学が一つに交わる方向性を目指していると言っても良いかも知れない。生とは何か、死とは何か。生きることの意味は何か。死ねばどうなるのか、生と死はどのように繋がり合うのか。これらの問いは、文学だけではなく、哲学、倫理学、宗教等の根本にある究極の問いと言っても良いだろう。

タイトルは、本書の中の

星月夜《ほしづくよ》
清流の川床を
小石がごろごろ
音を立てて転がり行く
もう　夏も終わり

ゴッホの絵は
晩年になるほど凄味を増す
孤独の極北で見た
煌煌と星の渦巻く
星月夜

からとられている。

星月夜《ほしづくよ》とは、星の明るい晩、月が出ていないのに、星だけが煌々と輝いている夜のことを謂う。その初期の用例は、十一世紀、平安時代と古い。「星の光の月のごとくなる」（至宝抄）夜は、二十一世紀の現代、照明の発達により、離島か山の上でなければ、めったに見られなくなってしまったが、明治、大正期には、ごく普通に見られたようである。「戸口迄送つて出れば星月夜」正岡子規、「風落ちて曇り立ちけり星月夜」芥川龍之介。

五行歌は、鑑賞するだけでなく、創作に適した短詩形の詩歌である。殆んど、五行歌を知った最初の日から、誰でも自由に創作することができる。季語や五七五といった決まりはない。その意味で、日本語で創作する喜び、楽しみを誰でも味わうことができる。実際、下は小学生の児童から、上は九十歳を超えたお年寄りまで、熱心に五行歌の創作に励んでいる。学校や学級単位で、五行歌づくりを授業や課外の中で取り上げているところもある。筆者は本書の中で、日本語の表現や五行歌の可能性について、時には実験的なものも含めて、ぎりぎり限界まで試してみた。拙い試みではあるが、参考にして貰えれば幸いである。

五行歌は、日本語を学び、日本語で自分を表現する優れた教育のツールである。のみならず、五行歌は日本の詩歌であると同時に、その性格上、国の壁を超えて国際的である。したがって、五行歌は、日本にいて日本語を学んでいる留学生や外国人、或いは海外で日本語を学んでいる人々にとっても、有効な教育のツール、そしてコミュニケーションツールとなり得る。しかし、その前段階として、まず日本の五行歌がどのようなものであるか、外国の人たちに自国語で、つまり翻訳を通して知って貰う必要がある。

そんな意図もあって、本書では睦月（一月）、卯月（四月）、皐月（五月）、文月（七月）の各章の最後に、一首ずつ、日本語の五行歌と並んで英語、フランス語、中国語、ドイツ語の訳を試みに併記してみた。いずれも、私が下訳したものを基に、知り合いのネイティブの方々―大学教員や日本文学の研究者に頼んで、手を入れて貰ったものである。文責はあくまで筆者にあるが、英国出身のロイド氏（Steve Lloyd）、フランス出身で現在、芭蕉から現代に至る日本の俳句のアンソロジーを仏語で翻訳・編纂中のエルヴュー氏（Pascal Hervieu）、中国出身で宮沢賢治を研究しているグーさん（顧羽寧）、そしてドイツ出身のリースナー氏（Frank Riesner）には、心から感謝したい。また、日ごろお世話になっている東洋大学文学部の大野寿子教授（独文学）からも、貴重なご助言をいただいた。謝して御礼を申し上げたい。

本書は、幸運にも恵まれた。その一つが、埼玉県春日部市在住の画家、大久保信子さんと知り合ったことであり、「展覧会」のあと表紙絵の使用をお願いしたところ、快く引き受けてくださった。大久保さんは、二〇一五年、パリ国際サロンで優秀賞受賞、二〇一八年、日本・フランス国交樹立一六〇周年記念公式イベント展示。二〇一九年、問道・国際藝術展で銀賞受賞、同年パリのサロン・ドートンヌ入選と活躍されている気鋭の作家です。表紙絵に使わせていただいた原画のタイトルは、「キトラ桜」。周知のとおり、キトラ古墳は奈良県明日香村にあり、石室の中に玄武、朱雀、青龍、白虎という天の四方を司る神獣とともに、十二支、天文図、日月の壁画が描かれていると言う。「キトラ桜」の絵も、満開の夜桜から宇宙へとつながる雄大さが表現されているように思います。

さらに、大久保さんには、ご自身の絵から本書の挿絵として自由に使う許可もいただき、三点を選ぶことができました。最初の一枚は、「飛雲」（原画はパステル画）、二枚目は「月読命《つくよみのみこと》」（原画は水彩画）、三枚目は「天照命《あまてらすのみこと》」（原画は水彩画）で、お蔭で、自然を描いた三枚の美しい挿絵が、歌集に陰影のある不思議な雰囲気と魅力を与えてくれました。

最後に、この五行歌集をお世話になった三人に捧げたいと思います。一人は、埼玉大学名誉教授の宮原朗先生。先生には、ドイツの詩歌、とりわけドイツ最高峰の詩人、ヘルダーリンの詩の魅力について教えていただいた。その時の衝撃は、今でも忘れられない。二人目は、元日本フィルハーモニー交響楽団でセカンドヴァイオリンの首席奏者《プリンシパル》であった片山治夫先生。先生からは、ヴァイオリンの奏法はもちろん、一対一の個人レッスンを通じて、教育とは本来どうあるべきかを教えて貰った。そして三人目は、母文子。熱っぽく語る母からは、幼少期、文学について目を見開かされた。

これらの人たちがいなければ、本書は決して完成しなかったばかりか、そもそも私は、五行歌を書くことすらなかったであろう。奇しくも、三人は同学年に生まれ、戦前・戦中・戦後の大変な時代を生き抜いて来られた。三人とも現在、八十八歳、間もなく八十九歳を迎えようとしている。健康で、長生きをして欲しいと願わずにはいられない。

本書の成立に当たっては、五行歌の会主宰の草壁焔太先生をはじめ、三好叙子副主宰、編集担当の水源純様、装丁担当の井椎しづく様、ほかスタッフの皆さまに大変お世話になったこと、心より御礼申し上げます。

二〇一九年（令和元年）九月

岡田　道程

Shisei-sha
3-19 Ichigayatamachi Shinjuku-ku Tokyo Japan
First edition : November 2019
+81-3-3267-7601
ISBN978-4-88208-167-8

Printed in Japan

岡田 道程（おかだ みちのり）
1952年　福岡市生まれ
埼玉大学教養学部卒　筑波大学大学院博士課程哲学・思想研究科
哲学専攻単位取得　専門は、哲学　倫理学
共栄大学国際経営学部教授　共栄大学副学長を経て、現在
共栄大学名誉教授
2014年　五行歌の会同人
現在、やよい五行歌会代表

五行歌集
星月夜　哲学する五行歌
2019年12月10日　初版第1刷発行

著　者　　岡田道程《おかだみちのり》
発行人　　三好清明
発行所　　株式会社 市井《しせい》社
〒162-0843
東京都新宿区市谷田町3-19川辺ビル1F
電話　03-3267-7601
http://5gyohka.com/shiseisha/

印刷所　　創栄図書印刷 株式会社
絵　　大久保信子
装丁　　しづく

ISBN978-4-88208-167-8

五行歌五則

一、五行歌は、和歌と古代歌謡に基いて新たに創られた新形式の短詩である。

一、作品は五行からなる。例外として、四行、六行のものも稀に認める。

一、一行は一句を意味する。改行は言葉の区切り、または息の区切りで行う。

一、字数に制約は設けないが、作品に詩歌らしい感じをもたせること。

一、内容などには制約をもうけない。

五行歌とは

五行歌とは、五行で書く歌のことです。万葉集以前の日本人は、自由に歌を書いていました。その古代歌謡にならって、現代の言葉で同じように自由に書いたのが、五行歌です。五行にする理由は、古代でも約半数が五句構成だったためです。

この新形式は、約六十年前に、五行歌の会の主宰、草壁焰太が発想したもので、一九九四年に約三十人で会はスタートしました。五行歌は現代人の各個人の独立した感性、思いを表すのにぴったりの形式であり、誰にも書け、誰にも独自の表現を完成できるものです。

このため、年々会員数は増え、全国に百数十の支部があり、愛好者は五十万人にのぼります。

五行歌の会　http://5gyohka.com/
〒162-0843 東京都新宿区市谷田町三―一九
川辺ビル一階
電話　〇三（三二六七）七六〇七
ファクス　〇三（三二六七）七六九七